KB120689

고양이가 다 보고 있다

시작시인선 0170 고양이가 다 보고 있다

1판 1쇄 펴낸날 2014년 9월 26일
지은이 김영석
펴낸이 채상우
디자인 정선형
펴낸곳 (주)천년의시작
등록번호 제301-2012-033호
등록일자 2006년 1월 10일
주소 100-380 서울시 중구 동호로27길 30, 413호(묵정동, 대학문화원)
전화 02-723-8668
팩스 02-723-8630
홈페이지 www.poempoem.com
이메일 poemsijak@hanmail.net

ⓒ김영석, 2014, printed in Seoul, Korea

ISBN 978-89-6021-219-0 04810
    978-89-6021-069-1 04810(세트)

값 9,000원

고양이가 다 보고 있다

김영석

천년의시작

시인의 말

시는 나라말의 꽃입니다.

그런데 그 꽃이 시들어 갑니다. 아무도 읽어 주지 않기 때문입니다. 지금 이 시집을 손에 들고 있는 독자에게 부탁합니다. 시들어 가는 꽃을 살려 주세요.

2014년 8월

변산, 흰 눈 씻는 집에서

김영석

차례

시인의 말

제1부

청동거울

이것은 수많은 얼굴들의 무덤이다

무덤 위로 날아가는 한 마리 흰나비
흰나비 날갯짓 사이로 지는
보라 보라 연보랏빛 오동꽃.

풀잎

풀밭에서 혼자 놀던 아이가
알록달록한 종다리를 잡더니
그 작은 새의 가슴에서
흰 구름을 뭉게뭉게 꺼내어
푸른 하늘로 연신 날려 보낸다
그리고는 이윽고
종다리도 구름 따라 날려 보내고
풀잎 속으로 들어간다
머리칼도 안 보이게
풀잎 속에 숨는다

아이들은 그렇게
파란 풀잎 속에 숨어 있다.

빈집 한 채

너의 마음 깊이 숨어 있는
빈집 한 채
너의 슬픔과 외로움과 그리움이
거기서 생기는
너는 모르는 그 빈집
비가 오나 눈이 오나
오랜 세월 너만을 기다리는
텅 빈 그 집.

내가 본 것은 상수리나무가 본 것이다

창문 밖 상수리나무에
부러져 죽은 나뭇가지와
살아 있는 가지가 얽혀 생긴
액틀 하나가 걸려 있다
그 액틀을 통해 바라보는 마을이
색지를 오려 놓은 듯 작고 선명하여
처음 보는 동화의 나라처럼 낯설다
기묘한 모양의 지붕과 색깔
밭 사이를 뱀처럼 기어가는 길과
머리칼을 곤두세워 소리치는 나무들
아이들을 위한 무슨 요지경을 만드는지
어디 목공소에서 망치 소리 들려오고
하늘 거울 속으로 날아가는 새 떼와
새들의 흔적을 지우는 흰 솜구름
문득 바람이 불자
상수리나무가 풍경을 말끔히 지우더니
그 큰 액틀의 눈을 뜨고서
창밖을 보는 나를 물끄러미 바라본다
창문을 벗어나려 안타까이 파닥거리는
흰나비 한 마리를 조용히 바라본다

내 눈은 상수리나무의 눈이었다
내가 본 것은 상수리나무가 본 것이다.

거울

인적 없는 외진 산 중턱에
반쯤 허물어진 제각(祭閣)
아무도 모르는 망각 지대에
스러지기 직전의 제 그림자를
간신히 붙들고 있다
구석에는 백치 같은 목련이
하얀 꽃을 달고 서 있다
아, 기억만 거울처럼 비치는 것이 아니구나
망각은 더 맑고 고요한 거울이구나.

물방울 속 초가집 불빛

마른 잎 구르는 추운 저녁은
옛날 그 시절이 생각난다
그때는 불 속에 어두운 물이 있어
한없는 물의 유순함으로
모닥불도 등잔불도 빛을 뿌렸지
물속에는 밝은 불이 있어
불빛으로 어둠을 밝힌
맑은 강물은 물고기와 헤살거렸지
지금은 물과 불이 헤어져
불은 제 뿌리를 떠나 흉기로 떠돌고
물은 제 불빛을 잃고
캄캄한 죽음의 골로 흐른다
물과 불이 동그랗게 하나였던
그 옛날 어린 시절은
작은 물방울 속 초가집에서
그 초가집의 밀감색 불빛 속에서
한 식구들이 둘러앉아
하얀 김이 나는 밥을 먹었지.

가을 숲에서

서쪽으로 기울어진 가을 숲에서
도대체 무슨 일이 일어난 것일까
날마다 병장기 부딪는 소리
갑옷미늘들이 부딪는 소리가 나더니
이제 겨우 싸움이 끝났는지
이따금 멀리서 가까이서
나무에 무딘 창검 부딪는 소리가 날 뿐
가랑잎 밟는 발자국 소리만 자욱하다
서풍에 죄 잎을 떨군 숲을 보니
수많은 여인들의 메마른 하체가
바람 속에 서성이고 있고
더러는 찢어진 깃발을 들고
더러는 목발을 짚고 절룩이면서
헐벗은 병사들이 어딘가로 끝없이 가고 있다
피난민들도 누더기를 펄럭이면서
지친 걸음으로 병사들을 따라가고 있다
산새도 짐승도 그림자를 지운 채
제 집에서 숨죽여 지켜보고 있는데
대체 저들은 어느 나라로 가는 것일까
사람들이 여기저기 도시를 세우고

장터에서 악다구니로 나날을 지새는 동안
서쪽으로 기울어진 가을 숲에서는
도대체 무슨 일이 일어난 것일까.

흙덩이가 피를 흘린다

길고 긴 밤의 내장 속을
헤매고 다니는 노루는
그냥 한 덩이 어둠이다
밤의 내장에 연결된
산모퉁이 찻길에 나선 노루가
달리는 차에 치었다
흙덩이가 툭, 하고
땅바닥에 떨어지는 소리가 났다
나가서 살펴보니
한 덩이 어둠이 피를 흘리고 있다
흙덩이가 피를 흘린다
한 덩이 어둠이 없어진 자리에는
달이 동그랗게 떠 있다
갑자기 풀벌레 울음소리가 높아진다.

낡은 병풍

낡은 병풍에 그려진
누렇게 빛바랜 민화 한 폭
연못가의 수초와 붓꽃들
등 굽은 산마루와 소나무 몇 그루
모두 주저앉아 딴 곳을 보고 있다
문득 흰 두루미 한 마리 날아와
꼼짝 않고 외발로 서 있자
일순 풍경이 후르르 몸을 떨고
주저앉아 있던 것들이 다 일어서
두루미 한 점을 조용히 바라본다
이제 막 끝낸 그림이
물감도 아직 마르지 않은 채
물로 씻은 듯 생색하고 빛을 낸다
다시 돌아보니
어느새 두루미는 날아가 없고
풍경은 주저앉은 채 우중충하다
두루미가 사람의 눈을 피해
화폭 뒤로 날아가 버린 듯
병풍이 조금 찢겨 있다.

딸기밭에서는 싸움이 안 되네

새털구름이 푸른 하늘을 짙게 물들이는
햇살도 눈부신 초여름 날에
딸기밭에서 바구니를 들고 딸기를 따던
예닐곱 명의 선남선녀가
한쪽에서 자글거리던 시비가 번져
그만 떼싸움 북새판을 벌였네
아우성을 지르며 딸기 팔매질을 하며
뭉개고 짓이기고 엎어지고 자빠지며
온통 햇살에 딸기 곤죽판이 되었는데
수없이 으깨진 딸기들 속에서
영문도 모른 채 튀어나온 볼 붉은 아이들이
철없이 뛰어다니며 겨드랑이를 간질이는지
붉은 딸기 곤죽 속에서 꼬물거리던 사람들이
갑자기 하늘 보고 크게 웃기 시작했네
딸기밭을 내려다보던 복사꽃 가지마다
주렁주렁 매달려 있던 벌거숭이 아이들도
자지러지게 깔깔대며 웃기 시작했네
그 바람에 풀무치는 멋모르고 튀어 오르고
얼룩이 딱새들은 햇살 속으로 날아가네
떼싸움판을 떼웃음판으로 바꾸는

달콤한 딸기는 정말로 힘이 세네
딸기밭에서는 싸움이 안 되네.

메두리댁

산 둘레에 있는 동네인지라
메두리라 부르는 곳에서
또 다른 산 둘레의 동네로 시집와
어찌어찌 혼자 살던 메두리댁 할머니가
빈집만 덜렁 남겨 놓고 세상을 떴다
처음에는 할머니 대신
채송화가 부지런히 호미질을 하고
맨드라미는 머리끝까지 붉히며 비질을 하고
달팽이는 쟁기질을 하고 다녔다
그러다 곧 그 집과 집터가
예나 제나, 한량없이 너그러운 무명(無名) 대왕의
영토라는 걸 뒤늦게 깨닫고서
일손을 놓고 모두 기지개를 켰다
어깨를 겯고 서 있던 돌담도
비로소 팔을 풀고 앉아 발을 뻗었다
어느새 메두리댁 소문이 씨앗처럼 퍼져
사방팔방에서 날아온 유민들이
안팎으로 정착하여 함께 살기 시작했다
이제 대왕의 만백성들은
이름이 있거나 없거나 생긴 대로

낮이면 해 그늘 지어 낮잠도 자고
밤이면 이슬방울마다 별을 물려
저마다 제 꽃을 꿈꾼다
저녁이면 산그늘도 내려와 쉬다가
아침에야 화들짝 돌아간다

할머니가 그 집을
어느 누구의 이름으로도 남겨 놓지 않고
타고난 빈손으로 홀홀 떠나 버린 것은
할머니의 일생 중 제일 잘한 일이다
그래서 메두리댁이 주인을 잃고 나서야
제 이름값을 제대로 쳐서
이내 산 둘레가 된 것은
누가 봐도 참으로 잘한 일이다.

아편꽃

    뒤안은 보이지 않습니다 보이는 모든 것은 보이지 않는 뒤안이 있습니다 당신은 뒤안을 본 일이 있습니까 만일 그 것을 보았다면 당신이 본 것은 이미 뒤안이 아닙니다 당신 이 본 것은 다시 보이지 않는 뒤안이 있으므로 결코 당신은 뒤안을 볼 수 없습니다

    모든 것은 뒤안이 있습니다 오리나무 갈참나무 잎갈나무 지렁이 굼벵이 동박새 벌새 승냥이 멧돼지 막대기 돌멩이 모두 모두 제 뒤안이 있습니다 어떤 일이 일어나면 거기에 는 반드시 뒤안이 있기 마련입니다 젊은 어머니가 두 아이 를 안고 투신자살하는 데에 유괴한 아이를 생매장하는 데 에 칼부림으로 피를 흘리는 데에 먹고 자고 사랑하고 이별 하는 데에 생로병사와 희로애락이 있는 데에 모두 모두 뒤 안이 있습니다 뒤안이 없는 곳은 아무 데도 없습니다 이 세 상은 뒤안의 그늘인지 모릅니다 그렇습니다 세상은 뒤안의 그늘입니다

    그 뒤안에
    황홀한
    아편꽃이

조용히
흔들립니다.

피자집의 안개

종이 나라에서 생긴 안개가 한번 퍼지자
이제 그 안개가 안개를 자동 생산하는
피자집은 날마다 사람들이 붐빈다
짙은 안개 속에서 안개 너울을 쓰고
아주 가볍고 환상적인 안개 떡을 먹기 위해
참새 떼처럼 모이고 흩어지며 와자지껄하다
안개 너머로 멀리는 볼 수 없으니
이 피자집이 얼마나 큰지 알 수 없지만
자동차도 기차도 비행기도 오가고
이국의 여객선도 있고 없는 것이 없다
꼬마 병정 제복을 입은 사람들이
저보다 큰 방패를 들고 어디론가 행진하고
여기저기서 사람이 자동차가 충돌하는
사고가 시도 때도 없이 일어나지만
오우 아임쏘리 아임이너미스트
노우프라블럼 우이아이너미스트
무진장한 안개 속에서는 아무 문제가 없다
남자들은 온갖 고철과 쓰레기들을
여자들은 살덩이 갓난애들을
몰래몰래 안개에 둘둘 말아 버리고

종잡을 수 없는 말들을 불티처럼 날리며
달콤하고 환상적인 안개 떡을 먹는다
안개 떡을 입에 문 채
괴기하게도 하반신은 밖에 남겨 두고
상반신만 스마트폰 속으로 들어간 사람도 있고
또 어떤 사람은 컴퓨터 속으로 들어갔다가
고무줄처럼 몸을 늘이며 막 나오고 있다
노우 프라블럼 우이아이너미스트
갈라진 자갈 바닥이 다 드러난 강에
동그랗게 오려 붙인 종이 달이
파리한 달빛을 강물처럼 흘린다
버려진 갓난애들이 가랑잎 배에 실려
그 달빛 강을 따라 하나씩 하나씩
어디론가 가물가물 흘러간다.

제2부

초승달

새벽에 홀로 일어나 보니
서리 낀 하늘
제 수심에 쓸린 난초 잎 같은
초승달 하나가
내 가슴 어디께 숨어 있던
소년 시절 희미한 칼날을 찾아내어
늑골 새를 처연히도 비추어 주네.

이 말이 하고 싶었다고

아궁이에 불을 지핀다
마른 솔가지를 밑에 깔고
참나무를 얼기설기 쌓고
먼저 밑자락에 불을 물린다
일단 불꽃이 괄해지면
잡목 가지들을 사이사이 쑤셔 넣고
맨 위에 소나무 장작을 올린다
이윽고, 오직 이때를 기다려 왔다는 듯이
불꽃들은 드디어 혀가 되고 길이 되어
일제히 터지는 함성을 지르며
열두 발 상모를 돌리며
북 치고 장구 치고 소구 치며
만세 만세 만만세
희희낙락 살판이다

굴뚝에서 흰 연기가
이제 콧구멍 좀 내어놓고
맘 놓고 숨 한번 쉬어 보자고
서로 밀치며 꾸역꾸역 오른다
봄 여름 가을 겨울

발등이 갈라지는 가뭄과
살가죽 터지는 눈보라를 견디며
오랜 세월 몸통 속에 갇혀 있던 말 한마디
이제 그 말 한번 시원히 해 보자고
굴뚝에서 흰 연기가 뭉게뭉게 오른다
이 말이 하고 싶었다고
이렇게 이 말이 하고 싶었다고
흰 연기가 하늘하늘
넓고 시원한 하늘로 사라진다.

왕의 꿈

이 풍진세상에서
이리 맞고 저리 터지면서 시난고난 살던
순하디 순한 한 사내가
사람들이 무섭고 사람들의 시선이 두려워
참으로 해괴한 꿈을 갖게 되었다
다른 사람들은 자기를 볼 수 없지만
자기는 이 세상 뭐든지 볼 수 있는
투명인간이 그는 되고 싶었다
다른 사람들의 시선에서 자기가 생겨나고
자기의 시선에서 세상의 꼴이 생기는 이치를
그는 정말 쬐꼼도 몰랐다
그것은 실로 왕이 되는 꿈이지만
왕들은 한없이 왕국을 넓히고
제 막강한 힘을 제 눈으로 보기 위해
이웃과 평생 싸워야 한다는 것을
그는 미처 깨닫지 못했다
그는 날마다 외진 산에 들어가
처음으로 거침없이 벌거벗은 채
산에 있는 못 보고 말 못 하는 백성들을
제 마음대로 부리며 왕 놀이에 열중했다

그리고 왕은 드디어
진짜 투명인간 왕이 되기 위해
모기 눈물에 고운 유리 가루와 약초를 섞은
천고의 비방 약을 먹기 시작했다
왕의 꿈은 나날이 익어 갔다

어느 날 산기슭에 사람들이 웅성거리며
아주 왜소한 알몸의 시체를 보고 있었다
마치 고치 속의 마른 애벌레처럼
투명한 셀로판지에 싸인 왕이었다
투명한 혼이 되어서야
백성을 버리고 왕은 꿈을 이루었다
맑은 하늘이 조용히 굽어보고
나무들이 바람에 사운대며 지켜보는데
모인 사람들이 모두 왕답게
한마디씩 제 주장들을 하고 있었다.

연장들

창고에 들어서면
오래 묵은 간장 같은 어둠에서
비릿한 피 냄새와
무슨 꽃향내가 난다
도끼 톱 곡괭이 삽
예초기 덫 포충망에서부터
고물 컴퓨터 자동차 부품들까지
온갖 연장들이 제 본분을 까발린 채
여기저기 흩어져 있다
칼날에서 피를 흘리고
칼등에서 꽃을 피우는 이것들은
분명 인간의 머리와 뱃속에서 나온 것이다
뇌수와 내장이 튀어나온 것이다
인간의 오랜 꿈의 내력
그 진화의 신경 회로를 닮은
이 적나라한 연장들을 보라
꿈을 분석하는 정신과 의사들은
먼저 이 연장들의 벌거벗은 욕망을
직접 눈으로 보고
손으로 만져 보아야 하리라

그리고 꽃 같은 미소를 띠고
다정하게 이야기를 나눌 때
연장들 부딪는 희미한 소리를
잘 가려서 들어야 하리라.

다시 또 눈이 내린다

천지에 하얗게 눈이 내린다
저리도 고요한 몸짓으로
다시 또 이 땅을
눈도 코도 귀도 없이
한 빛으로 고요히 내려 덮는다
지난여름 매미 소리 머구리 소리도
어둠의 벼랑 끝에서
짐승들이 이를 갈며 울부짖는 소리도
저잣거리의 핏빛 아우성도
드잡이의 외마디 소리도
막막한 허공으로 올라가더니
피와 살과 **뼈**를 모두 사위고
이제 고요한 흰빛이 되어 돌아온다
이 하얀 고요가 없다면
새봄이 오고 또 와도
이 세상 찬란한 아우성은 다시 없으리니
피와 살과 **뼈**의 울음소리를 위해
적막하고 적막한 그 되풀이를 위해
다시 또 새로이 눈은 내린다.

돌탑

깊은 산그늘엔
어디나 돌탑이 있네
고요한 돌 위에
고요한 돌을 얹어
한없는 말을
가슴마다 쌓았네
돌탑도 산마루도
빈 하늘만 이고 있네
옛날부터 사람들은
제 마음 깊이를 몰라
아무 몰래 홀로이
산그늘에 들어
돌탑을 쌓았네.

기계들의 깊은 밤

밤이 깊다 이 캄캄한 어둠은 온갖 기계들이 숨을 쉬면서 내뱉은 것이다 어둠은 쇳가루처럼 무겁다 하나님이 처음에 당신의 모습을 따라 당신을 닮은 사람을 만든 뒤에 사람도 제 모습을 따라 저를 닮은 기계를 만들기 시작한 지 참 오래 되었다 저절로 된 것 말고 만들어진 것들은 모두 주인이 사용하기 위하여 작동되는 기계들이다

그러나 한번 만들어지면 기계는 이제 입력된 내용과 작동하는 방식을 가지고 거꾸로 저를 만든 주인을 길들이며 만들기 시작한다 만들어진 것은 되짚어서 만든 것을 만드니 서로가 서로를 만들고야 만다 결국 하나님도 사람이 만든 기계가 된다 1차 기계인 하나님과 2차 기계인 사람과 사람이 만든 3차 기계는 둥근 고리가 되어 꼬리를 물고 돌아간다

기계들은 모두 무엇이 자기를 작동시키는 주인인지 모른다 그래서 스스로 주인이라고 믿는다 그러면서도 왜 단순히 무한 반복하는 운동을 해야 하는지 왜 연료 공급을 위해 서로 무망한 무한 투쟁을 해야만 하는지 모른다 아무리 부속품을 바꾸고 수리를 해도 기계들은 조만간 쓰레기장으로

폐기 처분되어 버려질 수밖에 없는 운명이다 하나님부터 기계까지 서로 만들고 만드는 세상이니 쓰레기장은 감당할 수 없을 정도로 나날이 늘어만 간다 이제 기계들은 또 그 쓰레기를 치우기 위해 자신이 폐기되어 쓰레기가 될 때까지 무엇인가 만들며 일을 한다 기계는 쓰레기를 만들고 쓰레기는 일하는 기계를 만들며 꼬리에 꼬리를 문다

　아, 기계들도 입력된 대로 사랑하고 슬퍼하고 분노하고 눈물을 흘린다 그러나 눈물은 투명하지도 않고 짜지도 않다 기름 냄새가 나고 쇠붙이에 슨 붉은 녹 냄새가 난다 기계의 눈물은 녹이 물든 피눈물이다 서로가 서로를 만드는 무한 반복의 둥근 고리 그 둥근 고리에 갇힌 캄캄한 밤 기계들은 쇳가루 같은 어둠을 뱉어 내며 붉은 눈물을 흘린다.

아스팔트 길

무지막지한 성욕을 발산하며
꼿꼿하게 발기한 아스팔트 길들이
오늘도 사방팔방에서
쾌락에 지쳐 소리소리 지르고 있다
거대한 성기처럼 군사정부가 일어나더니
변강쇠 같은 튼튼한 나라를 세우려면
길부터 곧고 크고 길게 세워야 한다고
온 나라 방방곡곡에 고속도로를
힘줄 돋은 아스팔트 길들을
혈맥처럼 고동치게 했다
깊고 깊은 세상을 살다 보면
굽이굽이 돌아가는 길도 있고
느릿느릿 사는 길도 있는 법인데
오솔길 흙길 굽은 길 에움길
모든 길이 아스팔트의 검은 내장이 되고 말았다
이제 사람들은 머리 가슴 팔 다리
눈 귀 코 입 할 것 없이
온몸에서 삐어져 나온 아스팔트 길을 끌고 다니며
길과 길이 서로 부딪쳐 밤낮없이 싸운다
발기한 길들을 주렁주렁 달고 있는 경찰도 판사도

밤낮없이 사건 처리에 아우성이다
어떤 사람은 제 길을 빛처럼 질주하다가
그만 정신병원 철창 속으로
형무소 철창 속으로 내달리기도 하고
어떤 초등학생은 너무 조숙하여
아파트 옥상에서 투신하고
어떤 여학생은 아이를 낳자마자
갓난애를 내다버리고 질주한 나머지
아이는 금방 쪼글쪼글 노인이 되어
지팡이를 주어도 힘이 없어 쥐지 못한다

아스팔트의 정력이 무진장 생산하는
밥과 고기를 꾸역꾸역 먹으며
줄기차게 내달리던 사람들이
문득 하늘을 올려다본다
하늘도 별도 아스팔트의 내장이 된 지 오래
하늘이고 땅이고 캄캄하다
문득 들리는 소리
아스팔트 길들이 신음하는 소리
나 좀 살려 줘

배 속에서 길들이 꿈틀거려
정말 나 못 살겠네
배를 갈라 이것들을 꺼내어
제발 나 좀 살려 줘.

밀물 썰물

곰소 앞바다 밀물이
수평선 너머의 푸른 소식을
변산 소나무 숲에 들려주면
소나무들은 푸른 바람에 빗질하며
그럼 그럼 고개를 주억이고
또 썰물이 소나무 숲 이야기를
수평선 너머로 데불고 가면
물이랑은 푸른 아지랑이 피우며
푸름 푸름 도란거리네.

고양이가 다 보고 있다

고양이가 허공 속
어느 나라에서 오는지
아는 사람은 아무도 없다
마치 이 꿈속에서
저 꿈속으로 드나들 듯이
보이지 않는 것들이 사는 허공 속에서
보이는 것들이 사는 이 세상에
어떻게 그놈이 홀연히 나타날 수 있는지
그것은 참 알 수 없는 수수께끼다
도대체 어느 나라에서 온 첩자인지
무엇을 염탐하러 소리 없이 다니는지
초상집 구석이나 무너진 폐가에
배롱나무 그늘 같은 데에
없는 듯이 웅크리고 앉아 있다가
어느새 감쪽같이 사라진다
문득 돌아보면
어딘가 거기 앉아서
내내 조용히 우리를 보고 있는데
또 문득 돌아보면
거짓말처럼 그것은 보이지 않는다

새도 비행기도 허공 밖을 날 수밖에 없고
뜨고 지는 해와 달도
푸른 밤 별조차도
허공 속을 가리키는 표지일 뿐이어서
허공 속을 드나드는 길은
도무지 찾을 수가 없는데
하, 그놈은 귀신같이 나타나
언제 어디서고 우리를 지켜보고 있다
그러고 보니 고양이가 숨어 있지 않은 곳은
아무 데도 없다
푸나무에도 벌레에도 돌멩이에도
아니, 보이는 모든 것 속에
그놈이 숨어 서로를 지켜보고 있다
우리도 결국 우리 속에 숨어 있는
그놈의 눈을 통해 무엇인가 보고 있다
모든 것이 고양이의 눈이다
고양이가 다 보고 있다.

자물쇠

자물쇠는
아무거나 보물이라 여긴다
세상에 보물은 없는데
있지도 않은 보물을 지키느라
태산을 등에 지고
이를 꽉 물고 있다

벌써 이는 삭아 버리고
잇몸으로 버티는 줄도 모른다
흰 머리칼이 검불처럼
서풍에 나부낀다.

지도 밖의 섬

고철 폐기장이나 쓰레기장은
바다 밑처럼 고요하다
쉼 없는 잔물결 파도에
바위가 닳아지는 아스라한 바람 소리만
온갖 잡초와 벌레들을 기르고 있다
사람들이 꿈의 지도 속으로 이주하여
기계를 만들고 도시를 세우면서
그 꿈이 눈 똥과 같은 폐기물들을
여기저기 지도 밖에 내다버렸다
그것들은 고요한 섬이 되었다
꿈 밖에서는 꿈을 볼 수 없으니
이제 사방을 둘러보아도
마을과 도시는 보이지 않고
망망한 바다에 섬들만 떠 있다
소리 없이 바위도 닳아지는
바람 소리만 소소(蕭蕭)히 들린다.

맹물

태초에
모든 것이 물에서 시작되었다고 한다
산천초목 날짐승 길짐승이
모두 물에서 나왔다고 한다
그런데 이제 세상은
모두가 자기는 맹물이 아니라고
핏대를 세우며 박 터지게 싸우는 통에
하루도 조용할 날이 없다
참다못한 맹물이
그만 좀 시끄럽게 하고
제발들 돌아오라고 외치는데
아무 소리도 나지 않으니
아무도 들을 수가 없다
그런데 바보는
이 맹물이 외치는 소리를
참 용케도 알아듣는다

바보야 히히 웃어라
바보야 여기 맹물이 있다
맹물처럼 웃어라 바보야

히히 맹물이다 바보야.

제3부

거름

거름처럼 고요한 것은 없으리
육장 시끌시끌한 세상은
저 거름이 내뿜는 거품 꽃이리.

바람의 색깔

아이가 하얀 종이에
크레용으로 바람을 그린다
풀잎을 흔드는 바람을 생각하며
파란색을 칠하고
꽃잎을 흔드는 바람은
빨간색을 칠하고
별이 돋는 초저녁 바람은
보라색을 칠하고
무지개처럼 바람을 색칠한다
어머나, 바람이 곱기도 해라
애야, 네 마음은 무슨 색이니
고운 색색의 바람이 물든
하얀 종이를 가리키며
아이가 하얗게 웃는다.

봄비

아득한 기억의 저편에서
제 얼굴을 찾으러
제 이름을 찾으러
면사포를 쓰고 오는 저것들은 무엇이냐
산비둘기 구구구 울음에 젖어
알발로 소리도 내지 않고
오고 오는 저것들은 대체 무엇이냐.

흰 백지

흰 백지의 아우성을 들었습니까
흰 백지 속에
흰 눈이 자욱이 내리는 걸 보았습니까
무릎까지 빠지는 그 눈밭을 끝없이 걸어
아득한 소실점이 되고 싶었습니까
흰 백지의 하얀 두뇌 속에
무엇이 있습니까.

뉴스

매화꽃 마을에 꽃구경 가서
꽃구경은 뒷전이고
술판 춤판만 벌인다고 말하네
이것이 무슨 뉴스거리가 되는가
세세연년 제 심화 속에서
오죽한 살풀이 춤판이나 술판을 벌인
애면글면 시난고난하던 저들을
꽃들이 눈 크게 뜨고 구경했지
저들이 언제 한번 꽃구경을 했었나
꽃들도 글썽이며 보는 오랜 속앓이겠지
먼 동네가 아니라 이 동네에서는
속 편히 꽃구경하는 것이 뉴스이겠지.

미당 댁 시누대 바람 소리

어느 날 서랍을 정리하다 보니
미당 선생과 둘이 찍은 사진이 보인다
남현동의 미당 댁 마당귀에 있던
손바닥만 한 시누대 밭에서 찍은 것이다
지금 선생은 '하늘이 하도나 고요하시니
난초는 궁금해 꽃피는'* 하늘 어디쯤으로
고스란히 주소를 옮겨 고요하신데
늙어서 좀 왜소해 보이는 모습으로
흰 무명베 조선 옷을 입고
삼촌의 손을 잡은 순한 소년처럼
내 손을 꼭 잡고 시누대 앞에 서 있다
그의 고향 고창이나 부안의 바닷가에는
해장죽(海藏竹)이라고도 하는 시누대가 많은데
시누대는 원래 바닷바람이 낳은 것이라 그렇다
시누대 숲 바람 소리를 들어 보면
시누대가 곧 바람 소리인 걸 누구나 다 안다
아무리 바닷바람에 부대껴도
다 작파해 버린 헛헛한 맛으로
나자빠지는 일에 이골 난 서해 뻘밭의 힘으로
시누대는 스사로 바람 되어 견디는 것이다

64

당신을 키운 건 팔 할이 바람이라던 선생은
노년에도 구설수의 바람에 시달렸으니
실로 시누대와 나란히 바람의 자식이었다
지금 당신은 바람 잔 고요한 하늘에 계시니
이제는 당신의 바람마저
이 세상 사람들 것이 되었다.

●서정주의 「난초」에서.

이내를 아시나요

해 질 녘 낮과 밤이 한 몸이 된
어슴푸레한 이내를 보셨나요
참으로 까마득한 세월
하늘과 땅이
무선통신으로 교신한 무량한 말씀이
쌓이고 쌓여 마침내 숨을 쉬게 된
그 아롱아롱 살아 있는 이내를 아시나요
이내의 숨결은 또 어쩔 수 없이
이 세상 만물과 뭇 생명의
몸이 되고 맘이 되어
한량없이 속말을 서로 주고받으며
하늘과 땅의 수작에 울력한다는 것도
당신은 아시나요
밝은 대낮에도
어디서나 어느 것이나 아지랑이가 피어오르고
우리 맘이 한 가지를 보고도 서로 다르고
분명하게 아는 것은 하나도 없지만
아슴아슴 아노라 느끼는 것은
이내의 숨결이 이냥 그래 그런다는 것도
당신은 아시나요

가없는 숨결은

보는 것도 아니고 아는 것도 아니라는 걸

당신은 정말 아시나요.

알에 관한 명상

이 세상은 알 속에 잠겨 있다 아늑하고 포근한 알 속에서 하늘도 땅도 산도 바다도 늘 마주 보며 두런거린다 풀밭에서는 아이들이 들꽃 바람과 함께 함성을 지르며 자라고 어른들은 장터에서 한시도 쉬지 않고 아우성을 지르며 날이 저물고 어느 동네에선가는 피투성이 전쟁을 치르며 해 가는 줄을 모른다 그러나 아무리 세상이 살 떨리고 피 끓는 살판 죽을 판 북새통을 만들어도 무한 겹겹의 허공이 이내 씻은 듯 그것들을 지우고 새 판을 깔아 놓으니 알 속은 늘 아늑하고 고요하다

싸리나무는 싸리나무의 알 속에서 나오고 뻐꾸기는 뻐꾸기의 알 속에서 나오고 이 사건은 이 사건의 알 속에서 나오고 저 사건은 저 사건의 알 속에서 나온다 만일 저저금의 알이 없다면 이 사건과 저 사건이 서로 물고 늘어져 끝없이 시끄럽고 싸리나무와 뻐꾸기가 제 얼굴을 잃고 맴도는 통에 세상은 그만 난리 통이 되어 조용해질 수가 없으니 끝장나고 말 것이다

참 이상한 일이다 이 세상이 처음에 알 속에서 나와 여전히 알 속에 있고 온갖 것 온갖 일들이 저저금의 알 속에서

68

나와 여전히 알 속에 있는데 그 모든 알들이 하나일 뿐이라
는 것은 참으로 만고의 수수께끼가 아닐 수 없다 이것은 순
전히 말놀음인가 아니다 무엇이 생겨날 때는 반드시 알 속
에서 생기는 것이니 알이 없다면 말도 생겨날 수가 없는 것
이다 그러니 말이 말에 대하여 말한다는 것은 말이 되지만
말이 저를 낳은 그 알 수 없는 알에 대하여 말한다는 것은
제가 제 발을 걸고넘어지는 꼴이어서 말이 안 된다 그리고
더 기막힌 것은 알은 아직 아무도 보지 못했고 도무지 볼 수
도 없다는 사실이다 그러니 결국은 고요한 알이 없다는 것
이 있을 뿐이다

없음이 있다
알은 없다
그러므로 알은 있다고 말한다
세상이 잠겨 있는 알은
여전히 아늑하고 고요하다.

바람꽃

바람을 보았는가
흔들리는 잎은 옷자락일 뿐
바람이 아니다
정 바람이 보고 싶다면
전라북도 부안
땅끝 변두리에 있다고
변산(邊山)이라 부르는
바람 많은 그곳으로 가라
홍역이 붉은 열꽃을 피우듯
서해 펄 바람이 부대끼며 피운
차마 볼 수 없는 처연한 얼굴
속살까지 투명한
바람꽃이 거기 피어 있다.

호수

산속의 호젓한 호수
그 맑은 외눈
내가 한눈팔고 다니며
두 눈 뜨고 보지 못한
하늘과 바람과 별을
혼자 보고 있었네.

개미

까만 개미들이
지상의 온갖 부스러기를 물고
끝없이 구멍 속으로 들어간다
개미구멍이 없는 땅은 어디에도 없다
그 깊이를 알 수 없는 구멍의 어둠 속에서
개미는 온갖 것을 새김질하여
땅속의 어둠을 만들고 그 어둠에서
막강한 힘을 얻고 다시 태어나
밝은 구멍 밖으로 거듭 나온다
산 것이거나 죽은 것이거나
이 지상에 머무는 것치고
개미의 먹이가 아닌 것은 아무것도 없다
날아가는 새도 숨어 있는 두더지도
아무리 눈곱만 한 겨자씨라도
서까래 두리기둥 주춧돌까지
개미의 새김질은 피할 수가 없다
개미의 어둠의 힘이 얼마나 센지
황소도 맥없이 구멍 속으로 끌려가고 만다
지상의 모든 것들은 결국
어둠의 젖을 먹고 자란 것들이다

구멍 속을 드나드는 개미가 없다면
저 개미의 새김질이 없다면
거듭거듭 어둠에서 볕으로 드나드는
이 세상의 되새김질은 끝나고 만다
하늘도 망하고 땅도 망한다.

집

비가 오면 비를 맞고
눈이 오면 눈을 맞습니다
눈비를 피하려고
여러 번 새집을 짓고
끊임없이 바장이며 손을 보지만
이내 지붕은 새고
벽들은 여기저기 금이 갑니다
아무리 굳은 마음의 집이라도
가을밤 날아가는 철새 소리를
구석구석 스며드는 적막한 한기를
다 막을 수는 없습니다
이제는 집을 짓지 않습니다
바람이 불면
그냥 풀잎처럼 흔들리고
무서리 된서리가 내리면
그냥 돌멩이처럼 웅크립니다

집이 없으니 비로소 큰 집이 생깁니다
춘하추동 달이 뜨면
마음 바장일 일도 없이

그냥 달빛에 젖습니다.

지평선 너머

너는 늘 지평선 너머를 보고 싶어 한다
그러나 지평선은 넘어도 넘어도
없어지지 않고 멀리서 너를 손짓한다
왜냐하면 실은
너의 안에 지평선이 있기 때문이다
그 지평선 너머에
너를 기다리는 네가 있기 때문이다.

제4부

비밀

옛날 옛날 한 신인(神人)이
이 우주와 신의 비밀을 밝힌
세상에 하나뿐인 비급을 남겼네
말 없는 신인이 아니면
보통 사람은 그걸 입수해 보는 즉시
보았는지조차 모르게 되는 그런 것이었네
그래서 어디선가 전해지는 비급의
그 말씀이 도대체 무엇인지
낮말 밤말 죄다 옮기는
쥐도 새도 산천초목도
그걸 지금 궁금해하고 있네.

그 도둑

허구한 날 신문과 티브이 뉴스는
직업과 지위 고하에 상관없는
온갖 도둑들의 이야기뿐이다
그런데 도둑들을 잡고 보면
모두 한결같이 자기는 억울하다고 하니
아직 정체를 알 수는 없지만
그 윗선의 진짜 도둑이 있을 터이므로
큰 도둑이나 작은 도둑이나 좀도둑일 뿐이다
사건에 연루된 대통령도 조사해 보면
자기도 억울하고 모르는 일이라고 하니
도둑이라 치더라도 좀도둑에 불과하다
신출귀몰하는 그 진짜 도둑은
도대체 어디에 숨어 있는 것일까
어디서 튀어나올지 모르는 그 도둑 때문에
사람들은 깨알 같은 날들을
전전긍긍 신경을 떨고 있을 뿐인데
드디어 해괴한 소식이 들리기 시작했다
갑자기 환청에 시달리는 환자들이
방방곡곡 돌림병처럼 퍼져
정신병원이 포화 상태라는 것이다

대낮에 도깨비도 웃을 일이지만
환자들은 모두 똑같은 소리
나 잡아 봐라 흐흐흐
하는 소리가 때도 없이 들린다는 것이다
제 깊은 속에서 들린다는 것이다
더욱 해괴한 것은
좀도둑들마저 그 환자가 되었다는 것이다
그렇다면 처음부터
그놈은 우리 마음속에 숨어 있었는데
까맣게 모르고 있었다는 말인가

'가슴엔 듯 눈엔 듯 핏줄엔 듯'●
나 잡아 봐라 흐흐흐
하는 소리 너도 들었니
정말 못 들었니.

●김영랑의 「동백 잎에 빛나는 마음」에서.

봄

이게 무슨 소린가
실바람이 고운 명주 올 새를
지나가며 내는 듯한 소리
걸음을 멈추고 돌아보니
산수유 꽃망울들이
노오란 병아리 부리를 내밀고
햇살 같은 소리를 내고 있다.

그대가 어찌 구별하리오

움직이는 것은 움직이지 않는 것이니
너의 갈 길은 멀고도 가깝다.
―묘법무량경

진리는 진리 아닌 것으로 나타나니
평생 책을 뒤지고 산중을 헤매고 기도한들
그대가 어찌 그것을 구별하리오
그대가 찾는 것은 그대가 찾아 헤매는
바로 그 헤맴이니
향기는 향기 속에
빛과 어둠은 빛과 어둠 속에 있으니
그대가 어찌 그것을 헤아려 알리오

그대는 모름지기
허공에 튼튼한 말뚝을 박아
그대의 그림자를 매어 놓고
멀고도 가까운 길을 떠나야 하리.

너의 마음

너의 마음은
다른 곳이 아니고
다른 것이 아니고
지금 거기 보고 있는 산 그리메다
지금 거기 듣고 있는 풀벌레 울음소리다

나도 너와 똑같이
그것들을 보고 듣는다.

문

하늘에는 문이 없으나
땅에는 무수한 문이 있어
너를 만날 때
문을 여닫는다
문을 여닫는 그 사이
하늘 빛 푸른 칼날 위에
한 송이 붉은 꽃 피고 진다.

박쥐

무한대의 어둠 속에
무한대의 절벽이 있고
그 절벽의 어둠 속에
무한대의 박쥐 하나 살고 있다
박쥐는 눈도 없고 코도 없어
이것저것 아무것도 가릴 수 없고
다만 혼잣말을 웅얼거리면서
제 몸속을 기고 날아다닌다
제 몸속의 길을 따라
산도 가고 바다도 가지만
박쥐는 그저
제 몸을 움직이는 것일 뿐
몸속의 해와 달이 아무리 바뀌어도
제 몸조차 구별 못 하는 박쥐는
절벽의 어둠 속에서
그 어둠의 몸속에서
늘 혼자 살고 있을 뿐이다.

옛 종소리

나무가 한사코 발돋움하며
새들을 길러 날게 하는
그 하늘 빈터에
무지개는 피고 지네

빈터에서 찔레꽃 철쭉꽃이 피고
찔레꽃 철쭉꽃 진 자리
너와 나 사이
그 빈터에
이름 없는 바람에 실려
옛 종소리 은은히 들리네

그 빈터에 빈터가 있네.

등불

이제 사람들은
별빛을 잊고 산다

풀과 벌레와 새들이
제 등불을 홀로 지켜
서로 먼 별빛이 되듯
어느 길가에 버려진 돌멩이도
아득한 기억 저편에서
홀로 반짝인다.

초원에서

흰 눈이 쌓인 산봉우리가 보이는
바람만 들꽃과 풀잎을 쓸고 가는
인적 없는 광막한 초원
암수캐 한 쌍이 교미를 하고 있다
풀잎처럼 개털도 바람에 쓸리는데
문득 설산이 하얀 노인이 되어
조용히 풍경을 내려다보고 있는데
어디서 햇살 같은 아이들의 함성
일순 바람이 멎고
소리도 풍경도 돌처럼 굳는다.

당신이 먼 산을 보는 것은

당신이 문득
어디론가 멀리 떠나고 싶은 것은
당신도 모르는 어느 해안
빈 목선 하나가
가을바람에 낡아 가기 때문이다

당신이 까닭 없이
슬퍼지고 외로워지는 것은
당신도 모르는 어느 산모롱이
이름 모를 풀꽃 하나가
소리 없이 지고 있기 때문이다

당신이 알 수 없는 그리움에
먼 산을 우두커니 보고 있는 것은
내가 아득한 어드메
낯모르는 누군가를
꿈꾸듯이 만나 보고 싶기 때문이다.

문답 1

벌레 한 마리
온몸으로 땅바닥을 기어간다

벌레야 너는 어디서 오니
네가 온 곳에서 온단다

온 곳 거기가 어디니
거기가 여기란다

그럼 어디로 가니
거기로 간단다
지금까지 한 말은
모두 너의 말이란다.

문답 2

밭두렁의 돌멩이 하나
물끄러미 나를 바라본다

돌멩이야 너의 고향은 어디니
내 고향은 별이란다

어느 별이니
별은 다 같으니까
너의 안에 있는 별이기도 하단다

그 별을 어떻게 찾을 수 있니
내 안의 에움길로 들어오면
찾을 수 있지만
너는 기억을 못 한단다.

제5부

사설시 나루터

날씨는 비교적 맑은 편이었지만 여느 때와 같이 강 저쪽은 부연 안개에 가려져 아무것도 보이지 않았다.

강 너머의 짙은 안개는 강 이쪽으로 가까워지면서 점차 엷어졌다. 그렇다고 강 이쪽의 세상이 말끔하게 안개가 걷혀 있는 것은 아니었다. 강 이쪽의 세상도 아주 엷기는 하지만 이내가 낀 듯이 언제나 안개가 감돌고 있었다. 산천초목 할 것 없이 눈에 보이는 것은 무엇이나 온통 투명한 망사로 가려진 것처럼 먼 듯 가까운 듯 몽롱하였다.

그리고 볼 때마다 안개의 빛깔은 미묘하게 달라 보였다.

볼 때마다 빛깔이 달라진다는 것은 한 빛깔의 안개가 생겨났다가 사라지고 또 다른 빛깔의 안개가 생겨났다가 사라지곤 한다는 뜻이다. 처음에 있던 안개가 변함없이 그 자리에 있는 것이 아니라 새로운 안개가 늘 생겨나는 것이다.

무엇인가 늘 안개를 낳고 있다.

그것이 무엇인가.

확실하게 말할 수 있는 것은 안개가 안개를 낳고 있다는 사실뿐이다.

나루턱이 내려다보이는 자리에 모로 누워 있는 통나무에 앉아서 맹목 씨는 지금 자신이 겹겹이 싸인 안개 속을 더듬거리며 향방 없이 헤매고 있다고 생각했다. 아무리 해도 깰

95

수 없는 꿈속에서 한 오라기의 가망도 없이 허우적거리고만 있다는 생각이 들었다. 꿈을 꾸면서 나는 지금 꿈을 꾸고 있다고 더러 생각하는 일이 있는 것처럼 정말 꿈을 꾸고 있는 것은 아닐까.

밑도 끝도 없는, 전설 속에서나 있을 법한 이 터무니없고 모호한 나루터에서 하루하루 영 오지 않는 나룻배를 무턱대고 기다리는 동안 도대체 얼마나 세월이 흘렀을까. 도무지 가늠이 되지 않았다.

머릿속이 온통 안개가 감돌고 있었다.

깊고 깊은 산골의 이 적막하고 외진 나루터에 처음 왔을 때 본 그 꿈결 같은 풍경이 마치 흐린 기억 속에 남아 있는 한 장의 낡은 풍경화처럼 시간이 멎은 채 그대로 펼쳐져 있었다. 이리저리 되는 대로 잇대어 증축한 나루지기 흙집 한 채. 양 끝이 가물가물 먼 산모퉁이에 가려 보이지 않는 강과 강 건너편의 짙은 안개. 먼 듯 가까운 듯 연이은 산봉우리와 골짜기들. 그리고 나뭇잎을 흔드는 스산한 바람 소리.

이제 나룻배를 타기 위해 이곳을 찾는 사람은 아무도 없었다. 인적이 끊어지듯이 나룻배 한 척도 보이지 않았다. 다만 고물 쪽은 반쯤 모래톱에 묻혀 있고 이물만 덩그러니 드러나 있는 부서진 나룻배 하나가 이곳이 한때 나루터였음을 말하고 있었다. 이 나루터 아닌 나루터에서 나루지기 영감을 저세상으로 떠나보낸 뒤 혈손 하나 없이 남게 된 벙어리 노파 혼자 이따금 그림자처럼 조용히 움직였다.

그리고 언제부터인지 그림자처럼 조용히 움직이는 사람이 둘 더 늘었다. 아니 정확히 말하자면 그와 함께 세 사람이다.

오리무중으로 떠돌던 소문 속의 나루터를 찾아 헤매다가 드디어 처음 이곳에 그가 왔을 때는 이미 먼저 와서 나룻배를 기다리고 있던 두 사람이 더 있었다. 한 사람은 고향을 찾아간다는 고향 씨. 또 한 사람은 자기와 쌍둥이인 분신을 찾아간다는 분신 씨. 그런데 두 사람이 이곳에 온 내력을 듣고 나서 그는 아연실색했다. 예기치 않은 곳에서 예기치 못한 운명적 해후를 보고 있는 듯했다.

그가 고향 씨에게 고향이 어디냐고 물었을 때 고향 씨는 몹시 당황한 기색으로 자신도 믿겨지지 않는 말을 하고 있다는 듯 말을 자꾸 더듬었다.

그러니까 그게 아주 어렸을 때 들은 것 같은데 말이지요. 글쎄 그 이름이, 그 이름이 어딘지, 그러니까 무엇인지 통 생각이 나지 않는단 말입니다. 그런데 그곳이 도무지 어디인지, 그러니까. 아, 그렇지만 이 강 건너편 어디라는 건

확실한 것 같은데, 그러니까 어찌 되었든 간에 이 강을 건널 수밖에 없지요.

그가 더듬거리며 내뱉은 말들은 듣자마자 이리저리 맥없이 흩어지면서 부연 안개를 피워 올렸다. 한참이나 주저주저하면서 마치 못할 말이라도 하는 듯 겨우 말을 이어 가는 분신 씨의 이야기도 모호한 안개를 피워 올리기는 마찬가지였다.

언제 누구한테서 들었는지는 기억이 분명치 않습니다만 하여간 제 쌍둥이가 있다는 것입니다. 물론 이름은 모르지요. 그렇지만 이름은 몰라도 제 분신이나 마찬가지니까 보면 바로 알아볼 것 아닙니까. 어쨌든 이 강을 건너면 어디선가 만날 수 있으리라는 느낌은 분명합니다. 예, 그렇습니다. 느낌은 속일 수 없는 것이니까요.

잠시 침묵이 흐른 뒤 두 사람이 당신은 어떻게 여기까지 오게 되었소 하는 표정으로 그를 바라보았다.

예, 나 말이요. 그러니까 나는 말입니다. 여기가 나루터 아닙니까. 그러니까 여기서 나룻배를 타고 강을 건너려고 하지요. 건너야지요.

아니 그것을 묻는 것이 아니라 왜 여기에 오게 되었느냐 그 말입니다. 말하자면 무슨 이유와 목적이랄까 그런 것이 있을 거 아니냐 그런 말입니다.

　말을 마치자 고향 씨는 좀 답답하다는 낯색을 하고 그를 건너다보았다.

　글쎄 그 말입니다. 강을 건너야 할 것 아닙니까. 그런데 당신 말대로 지금 여기서 무슨 이유나 목적 같은 것이 꼭 있어야 합니까. 그건 좀 이상한데요. 강을 건너는데 무슨.

　이번에는 분신 씨가 어이없다는 표정으로 말을 거들었다.

　아니 지금 그게 말이 됩니까. 아무 이유도 목적도 없다는 것이. 어떻게 맹목적으로 이 자리에 있다는 말씀이요. 맹목 선생 그렇지 않소.

　그러고 보니 맹목 씨 당신 참 엉뚱한 사람이군요.

　맹목 씨는 할 말이 없었다. 자신은 물론이지만 두 사람의 이야기도 생각해 보면 머리도 꼬리도 없기는 마찬가지였다. 이름도 모르고 기억에도 없는 고향을 찾아간다는 사람이나 이름도 모르고 기억에도 없는 분신을 찾아간다는 사람이나 다 같이 뜬구름 같은 생각을 좇고 있다는 점에서 분명한 것은 아무것도 없었다. 분명한 것이 하나도 없고 모호하기만 하다면 그래야만 하는 이유도 목적도 없기는 매한가지 아닌가.

세 사람이 모두 닮은꼴이었다. 맹목 씨는 헤어날 수 없는 미궁 속에 빠졌음을 다시 한 번 느꼈다.

강 건너편 안개 속에서 와야 할 나룻배는 오지 않았다.

누가 먼저랄 것도 없이 늘 세 사람은 통나무에 앉아서 강과 강 건너 안개를 무연히 바라보았다. 이따금 한 사람이 말을 꺼내면 두서없이 꼬이는 대화가 단속적으로 이어지곤 했다.

어느 날 고향 씨가 분신 씨를 보고 말을 건넸다.

여기 온 지 얼마나 되었습니까.

글쎄요. 이곳에서는 도무지 세월 가늠이 안 되는군요. 내가 여기 왔을 때 당신 두 사람이 먼저 와 있었으니까 그게.

예, 뭐라고요. 우리 둘이 먼저 와 있었다고요. 아니 도대체 무슨 말씀이세요. 내가 왔을 때는 분명히 당신들 둘이 먼저 와 있었는데. 무엇인가 아주 크게 착각하고 있습니다그려.

그럴 리가요. 다른 건 몰라도 그것만은 분명히 기억하고 있습니다. 내가 처음 이곳에 왔을 때 당신들은 그때도 이 통나무에 앉아 있었습니다. 서로 수인사를 나누면서 이 통나무 뿌리 쪽 저 기묘하게 뒤틀려 솟아 있는 혹 덩어리를 보고 그것 참 묘하게도 생겼다 하고 내가 탄성까지 내지 않았습니까. 그때 당신들도 저 혹 덩어리를 보면서 내 말에 맞장구치듯 고개를 끄덕였고 말이지요. 그렇지 않습니까.

분신 씨는 동의를 구하는 표정으로 두 사람의 이야기를 듣고 있던 맹목 씨를 바라보았다.

두 사람이 서로의 말에 짙은 의혹을 두고 있듯이 그도 두 사람의 말을 들으면서 참 황당하다고 생각하기는 마찬가지였다. 날마다 강 건너의 안개를 바라보다가 어느덧 세 사람의 머릿속까지 안개에 점령당한 것이 분명해 보였다.

참 이상한 일이군요. 나도 여기 처음 왔을 때 이미 먼저 와 있는 당신들 둘을 보았거든요. 그리고 뜬구름 같은 아주 모호한 이유와 목적으로 나룻배를 기다린다는 이야기를 듣고 분명한 이유와 목적도 없다는 점에서는 나와 똑같은 처지로구나 하고 깜짝 놀랐었는데 말입니다. 이거 참 어불성설이요 목장승의 잠꼬대같이 허랑하군요. 어쨌거나 기연이라고 할 수밖에 없을 것 같습니다. 그러고 보니 서로의 주장이 똑같이 다르다는 점에서 우리는 같고 무엇인가 서로 크게 착각하고 있을지도 모른다는 점에서도 또한 우리는 같다고 해야 할 것 같습니다. 참 이상한 말이긴 합니다만 그러니까 우리는 서로 다르면서 같고 같으면서 다른 것이 아닐까 하는.

　그는 채 말끝을 맺지 못하고 흐리면서 자신의 말이 묘하게 꼬이면서 맹물 같은 말이 되고 있다고 생각했다. 두 사람은 잠시 그를 뜨악한 표정으로 바라보다가 이내 강 쪽으로 시선을 돌린 채 입을 다물었다.

　이런저런 일들이 모두 안개 탓이라고 맹목 씨는 생각했다. 안개가 끼면 어쩔 수 없지 않은가. 토막토막 맥락이 닿지 않는 생각들을 하면서 그도 강 건너 안개의 장막을 하릴없이 바라보았다.

　세 사람의 대화는 곧잘 이렇게 얽히고 얽히다가 결국 하나마나한 죽도 밥도 아닌 말이 되고는 했다. 서로 살아온 과거의 내력을 몇 마디 주고받다 보면 영락없이 얼마 못 가서 앞뒤가 맞지 않고 얽혀 버려서 더 이상 이어 갈 수 없는 지경이 되어 버리는 것이다.

　내가 고향을 찾아가자는 것도 그렇지요. 평생 타관을 떠돌며 장사를 하다가 얼마 되지는 않지만 돈냥이나 좀 쥐게 되니 이제는 좀 자리 잡고 붙박이로 살아 보자 했던 것이지요. 그런데 세상일이라는 게 언제나 그렇지 않습니까. 한 분 남은 노모님이 덜컥 세상을 떠 버렸습니다. 그래 생각 끝에 혼자라도 고향에 가자 한 것이지요.

아니 보세요. 지난번에 당신은 아주 어렸을 때 부모님을 여의고 어느 절간에 맡겨져 살았다고 하지 않았습니까. 그래서 경전 책장이나 읽어 볼 수 있었다고 말이요. 그런데 지금 하는 말이 글쎄. 이거 참 도무지.

그거 참 생전 처음 들어보는 터무니없는 이야기올시다. 그럼 내가 한때 중노릇을 했다는 이야깁니까. 노형, 도대체 어디서 그런 이야기를 들었단 말이요. 그건 그렇다 치고 당신이야말로 매번 말이 달라지는데 그건 모르십니까. 어느 산이라 했던가. 어디 산속에서 도를 닦는 공부를 한다고 부질없이 세월을 좀 허송했노라고 했다가는 또 농사를 지었다고도 말하고 김 씨 성이라고 했다가 다음에는 또 박 씨라고 하지 않았습니까. 그래서 당신 그 쌍둥이도 김 아무개이거나 박 아무개일 거라고 말이요.

내가 그랬단 말이요. 그럴 리가 있습니까. 이거 뭐 하도 엉뚱해서 피차간에 씨도 먹히지 않을 이야기니 그런 이야기는 이쯤 하고 그만둡시다.

맹목 씨는 애시당초에 아귀가 맞지 않는 두 사람의 이야기를 들으면서 자신의 과거를 떠올려 보았다. 하얗게 아무것도 생각나지 않았다. 두 사람에게 자신의 내력을 어떻게 이야기했는지 헝클어진 실타래들이 안개처럼 부옇게 감돌

103

뿐 분명한 맥락은 한 오라기도 잡히지 않았다. 실색한 얼굴로 멍하니 앉아 있는 그를 두 사람이 다그치듯 쳐다보았다. 당신도 마찬가지요, 그렇지 않소 하는 표정이었다.

그는 한없는 나락으로 떨어지는 듯한 아찔한 현기증을 느끼면서 다시 한 번 안개 속의 미궁 속에 갇힌 탓이라고 생각했다. 이 모든 것이 안개 때문이다. 안개가 세 사람의 기억과 분별력을 반죽처럼 주물러서 안반 위에 납작하게 펼쳐 놓은 때문이다. 이것과 저것을 분별하는 분별선의 흔적이 희미하게 섞여서 평면으로 늘어나 버린 것이다. 안개의 반죽으로 과거가 사라지고 강 건너 안개의 장막으로 미래도 사라져 버린 것이다. 지금 과거도 미래도 없이 오도마니 이곳에 섬처럼 떠 있는 것이다. 그는 질끈 눈을 감으면서 가늘게 몸을 떨었다.

강을 바라볼 때 왼쪽 편, 그러니까 남쪽에서 흘러내리는 산줄기의 사면에 잇대어 바로 건너다보이는 작은 구릉이 하나 있었다. 그 구릉 꼭짓점에 거무튀튀한 바위가 하나 있는데 한눈에 보아도 꼭 거북이가 웅크리고 있는 형상이다. 통나무에 앉아서 무연히 안개를 바라보다가 불현듯 한 번씩 올려다보는 돌거북. 전해지는 말에 의하면 옛날에는 드물

지 않게 이 돌거북이 학 울음소리를 내며 길게 울었다고 한다. 그럴 때는 어김없이 나룻배가 나타났고 누군가 그 배를 타고 강을 건넜다는 것이다.

통나무에 혼자 앉아 있다가 그는 문득 구릉의 그 돌거북을 올려다보았다. 늦가을 아직은 따스한 햇살 속에 사람의 그림자가 어른거렸다. 잠시 잊고 있던 고향 씨와 분신 씨였다.

그가 구릉 마루에 올라섰을 때 두 사람은 돌거북의 발치에 조심스럽게 앉아서 강물을 내려다보며 조용조용 얘기를 나누고 있었다.

소문처럼 저 강물이 정말 고독(蠱毒)의 주력을 받은 물일까요.

그렇지 않고서야 강물에 물고기 하나 살지 않고 날아가던 새도 강을 건너지 못하고 그냥 비껴서만 돌아가겠습니까. 그렇지 않습니까.

고독은 잔해를 끼치기 위해 주술로 쓰는 벌레다. 그 주력에 오염된 저주의 물이라면 죽음의 물이다. 그 물에 닿기만 하면 바로 그것이 죽음인 것이다. 끔찍한 이야기다. 기러기 깃털마저 가라앉을 만큼 부력이 약해 아무것도 건너갈 수 없다는 약수(弱水)라면 몰라도 말이다. 신선들이나 사는

105

땅이라면 마땅히 그런 약수가 가로막고 있을 수도 있을 것이다. 이 두 사람은 그렇다면 정말 죽음까지 각오하고 강을 건너려고 한다는 말인가.

그래 두 분은 저 강물이 정말 고독수라고 생각하시오.

그리 여길 수밖에 없지요.

그러니 꼼짝없이 나룻배를 기다리고 있을 수밖에 없는 것 아닙니까.

그렇다면 소문대로 이 돌거북이 학 울음을 울어 주어야 할 터인데.

언젠가 한 번 울긴 울까요.

예. 뭐가요.

울어야지요. 암 한 번은 울어야지요.

아. 그러니까 바로 이 돌거북이.

말은 더 이상 이어지지 않았다. 세 사람 모두 한참을 강물만 내려다보았다.

돌거북이 마지막 울었던 때가 대체 언제쯤일까요.

그러니까 그 손 없는 무뢰한이 건넜을 때 아닌가요.

아. 그 손 없이도 신기라고 할 수밖에 없는 권술을 종횡무진 휘둘렀다는.

글쎄요. 그건 좀.

아니요. 나는 오히려 그쪽이 더 믿음이 가요.

그보다는 그 떠돌이 미치광이 거지가 건넜을 때 아닙니까.

그렇다면 그 미치광이 거지가 나중입니까. 나는 그 손 없는 무뢰한이.

어쨌든 그때부터 대략 얼마나 되었을까요.

글쎄 그러니까 그것이.

한 백 년은 넘지 않았을까요.

그렇다면 아주 이제 가망 없는 것 아닙니까.

그럼 한 오십 년.

이 마당에 시간이 무슨 문제가 되나요.

그러고 보니 정말 시간은 문제가 아니군요.

아. 벌써 시간은 안개가 반죽을 해 놓아서 분별이 안 됩니다.

예. 지금 무슨 말을 하는 것입니까.

우리는 지금 섬에 있습니다. 과거도 미래도 없는 시간의 섬에.

당신 말대로라면 꼭 시간만 그래야 합니까. 공간도 마찬가지 아니요.

공간이 어떻게.

아. 말이 있지 않습니까. 한 티끌 속에도 시방세계가 들

어 있다고.

맞아요. 그것도 안개가 반죽한 것입니까.

무슨 안개가. 그런 터무니없는 말이. 그렇게 말하면 제 말이 좀 맹물같이.

그는 더 이상 말을 잇지 못하고 입을 다물었다.

어디선가 사금파리가 반짝이듯 세 사람의 침묵 속으로 찌르레기 울음소리가 간간이 파고들었다.

오늘은 강 건너 안개가 마치 연한 물빛 항라 장막을 두른 듯 아스라한 빛깔을 띠고 있었다. 그 아스라한 빛깔을 망연히 바라보다가 맹목 씨는 문득 안개가 살아 있다고 생각했다. 안개가 안개를 낳고 또 그 안개가 안개를 낳는다. 안개는 살아 있다. 살아 있는 생물들은 끊임없이 세포를 만들어낸다. 일정 기간 세포는 살다가 죽는다. 생성과 사멸을 거듭하는 세포에 의해 삶이 지속된다.

연한 물빛 세포들. 살아 있는 생물. 살아 있는 안개.

두서없이 몽롱한 생각에 잠겨 있던 맹목 씨는 자기의 머릿속을 감돌고 있는 안개도 오늘은 연한 물빛이라고 느꼈다. 강 저쪽의 안개와 머릿속의 안개는 모두 같은 빛깔을 띠고 있다. 그렇다면 저쪽의 안개와 이쪽의 안개는 같은 안개다. 하나의 안개다.

맹목 씨는 두 손바닥으로 얼굴을 문지르고 나서 몇 번 가볍게 머리를 흔들었다. 그리고 차근차근 다시 생각의 실마리를 풀어 갔다.

이쪽과 저쪽의 같은 안개. 내 머릿속에서 피워 올리는 안개. 살아 있는 동안 살아 있으므로 안개의 세포는 생멸을 거듭한다. 살아 있는 생물들은 하나같이 제 속의 안개를 피워 올린다. 안개에 싸여 있다. 그렇다면 그렇다면 강 건너 저쪽의 안개는 내가 피워 올린 것인가. 아니 그게 아니라 내 속의 안개에 가려져 강 저쪽의 풍경이 가려진 것인가. 이쪽에서 가리면 저쪽은 가려진다. 가리는 것이 있으면 가려지는 것이 있다. 그러니까 저쪽의 안개는 실은 이쪽의 안개인가. 만약 사태가 그러하다면 강 저쪽에서 이쪽을 바라볼 때는 이쪽에서 저쪽을 볼 때와 같이 이쪽은 안개에 가려져 아무것도 볼 수 없을 것이다. 결국 이쪽은 저쪽이 되고 저쪽은 이쪽이 되고 만다. 분별이 되기도 하고 분별이 되지 않기도 한다.

인기척에 뒤를 돌아보니 고향 씨와 분신 씨가 굼뜬 걸음을 이쪽으로 옮기면서 심각한 표정으로 이야기를 하고 있었다.

고향 씨의 목소리는 다소 높고 들떠 있었다.

그렇다니까요. 그때 마침 깊은 잠이 아니어서 분명히 들을 수 있었단 말입니다.

한 번 울었습니까.

아니요. 두 번입니다. 두 번 길게 울었습니다. 캄캄한 밤중이라 나와 볼 수도 없고 그냥 누워 있었는데 온갖 상념에 뒤척이다가 그만 날을 새우고 말았지요.

아. 그랬군요. 나는 그 학 울음소리를 한 번밖에 못 들었습니다. 그것도 꿈결에 들은 것 같기도 하고 좀 긴가민가해서 말입니다.

그들이 맹목 씨 옆에 다가왔을 때 먼저 분신 씨가 말을 걸었다.

맹목 선생, 당신은 어젯밤에 돌거북이 우는 소리를 못 들었습니까.

두 분이 걸어오면서 하는 이야기를 들었습니다만 그 이야기를 듣고 보니까 그때서야 나도 들은 것 같다는 생각이 들었습니다. 분명하지는 않습니다만 들은 것 같습니다.

그렇다면 누군가 어젯밤에 강을 건너갔을까요.

우리 세 사람 말고 이 나루터에 온 사람은 아무도 없지 않습니까.

밤중에 누군가 와서 나룻배를 탈 수도 있지요.

너무 오랜 세월 침묵 속에 있던 터라 그냥 한번 울어 본 것은 아닐까요.

혹시 목을 빼고 기다리던 우리가 환청을 들을 수도 있지 않습니까.

아. 이러고 있을 게 아니라 벙어리 할멈에게 한번 물어 보는 게 어때요.

그러고 보니 그 생각을 못했군요. 그렇게 해 봅시다.

분신 씨가 자리에서 일어나 벙어리 할멈을 데리러 갔다. 조금 지나서 할멈의 손을 잡고 온 분신 씨가 구릉의 돌거북을 가리키며 어젯밤에 우리 세 사람은 저 돌거북이 학 울음소리로 우는 걸 들었는데 할멈도 들었냐고 몇 번이나 손짓 발짓으로 물었다. 겨우 말귀를 알아들은 할멈은 별 해괴한 이야기를 다 듣는다는 표정으로 이마에 손을 얹은 채 구릉의 돌거북 있는 곳을 한참이나 이리저리 자세히 살폈다. 그러더니 세 사람을 몹시 의심쩍은 눈빛으로 번갈아 보고 나서는 거북이고 돌멩이고 도대체 아무것도 보이지 않는데 이 무슨 난리법석을 떨고 있냐는 뜻으로 고개를 좌우로 몇 번 크게 흔들면서 두 손을 저어 보였다. 그러고는 알아들을 수 없는 벙어리 속말을 꿍얼거리며 집으로 돌아갔다.

111

세 사람은 이 벌건 대낮에 무슨 날벼락이냐는 듯 얼떨떨한 표정으로 서로의 얼굴을 쳐다보았다. 한참을 얼빠진 표정으로 서 있다가 비로소 미몽에서 깨어난 것처럼 그들은 몇 번이나 돌거북을 올려다보며 멀쩡한 제 정신을 확인하고 안심했다.

아니 저 할멈이 이제 알고 보니 눈마저 성치가 않은 것 아니요.

그러게 말입니다.

그런데 꼭 그렇다고 할 만한 분명한 것도 없지 않습니까. 그러니까 내 말은 지금 우리가 안개의 반죽으로.

아 또 그 안개 이야기요.

이곳에 와서 이따금 그 생각을 했는데 말입니다. 저 안개가 실은 우리가 피워 올린 안개 아닌가 하는 생각이 자꾸 들어요. 그러니까 만일 우리가 저쪽에서 본다면 이쪽도 안개에 가려져 아무것도 보이지 않을지도 모른다 하는.

가만. 나도 근래에 비슷한 생각을 되풀이했는데. 이런 생각이 들더군요. 우리는 이미 강 저쪽에서 이쪽으로 건너왔다 하는. 그렇다면 저쪽으로 건너갈 필요가 없지 않습니까.

결국 당신 이야기는 저쪽이 곧 이쪽이라는 말 아닙니까. 딴은 그럴 수도 있겠다 싶습니다만.

말을 끊고 세 사람은 강 건너 안개를 넋 놓고 바라보았다.

한참이나 침묵이 흘렀다.

바람에 이따금 가랑잎 구르는 소리가 침묵을 돋우곤 했다.

그래서 말인데요. 이제 강을 건널 생각을 접고 이곳을 떠날 때가 되었다는 생각이 자꾸 들어요.

아. 당신도. 실은 나도 그런 생각을 했습니다. 조만간 떠나야겠다고.

그럼 이제 우리가.

그때였다.

공중에서 길고 유량한 학 울음소리가 들렸다.

화들짝 놀란 세 사람은 일제히 허공을 바라보았다.

바로 왼편에서 저쪽을 향해 허공을 날아가는 한 마리 학이 보였다. 큰 날개를 치며 강 저쪽으로 학이 날아가고 있었다. 희디흰 깃털이 햇빛에 반사되어 눈부셨다.

세 사람은 넋 나간 표정으로 학이 날아가는 허공을 한참이나 바라보았다.

이윽고 화들짝 놀라며 그들은 구릉의 돌거북을 올려다보았다.

돌거북이 보이지 않았다.

돌거북이 있던 자리는 감쪽같이 하얀 억새꽃이 눈부시게

흔들리고 있었다.

　눈부시게 하얀 억새꽃이 학의 날갯짓을 하듯 흔들리고
있었다.

　이러매 노래한다.

　안개가 피운
　멀고도 가까운 한 송이의 꽃

　겹겹이 깊고 깊은 꽃잎 골짜기마다
　놀빛 물든 난장이 서고
　난장에서 들려오는 목쉰 아우성 소리
　쫓고 쫓기는 어지러운 발자국 소리
　그 어드메 홀로 속살거리는 등불 하나
　푸른 밤 칼날에 비치는 저 별빛들
　그대는 이 모든 것을 보고 듣는가
　한 송이 꽃을 바라보는 그대는
　바로 그 꽃 속에 있나니
　꽃 속에서 비로소 꽃을 보는 그대여
　꽃 같은 돌에 귀를 대고

끝없이 흐르는 물소리를 들어 보라
멀고 먼 돌 속의 에움길 따라
아스라이 강물은 흐르고
어디로도 갈 곳이 없는 그대는
그러므로 어디론가 길을 떠나야 한다
새를 따라 허공을 날아가는 물고기처럼
물고기 따라 강물 속을 헤엄치는 새처럼
갈 길이 없으므로 갈 길이 있으니
그대는 살아서 떠나야 한다

그대는 보는가
실바람에 안개가 흩어질 때
한 송이 꽃이 머문 자리
저 깊고 푸른 하늘빛.

무위 혹은 생성의 허공을 위하여
― 김영석의 시 세계

홍용희(문학평론가)

　　김영석 시 세계의 출발과 지향은 허공이다. 물론 그의 시 세계는 다채로운 주제 의식과 형식으로 펼쳐지고 있지만 그러나 그 생성과 귀결의 중심점은 무위(無爲)의 허공으로 파악된다. 이 점은 그의 시 세계 전반에 걸쳐 빈번하게 등장하는 '허공' '구멍' 등의 이미지를 통해서도 확인된다. 이를테면 그가 등단한 이래 시력 40여 년에 걸쳐 간행한 5권의 시집의 주요 대표작을 순차적으로 모은 선집 『모든 구멍은 따뜻하다』(2011)의 표제작 역시 "크고 작은 구멍의 허공"이 중심점을 이루고 있다. 그의 시 세계에서 허공은 모든 존재자의 생성과 소멸의 원점이다. 그래서 그의 시 세계에서 허공의 텅 빈 없음은 있음의 반대가 아니라 있음의 어머니이며 주인이다. 이를테면, "보이지 않는 것들이 사는 허공 속에서/ 보이는 것들이 사는 이 세상"(「고양이가 다 보고 있다」)이

창조되는 원리이다. 허공은 활동하는 무(無)인 것이다. 이 것은 그의 매우 심원하고도 독창적인 박사 학위 논문이기도 한 『도의 시학』의 도(道)와 상통한다. 기본적으로 도는 우주 생명의 운행 원리에 해당하는 무위자연(無爲自然)의 질서를 가리키기 때문이다.

이번 시집 『고양이가 다 보고 있다』는 그동안 간행한 시집들에서 노래한 허공의 세계를 좀 더 다양하게 변주하면서, 일상성의 감각과 감성으로 밀도 높게 노래하고 있다. 우주에서 가장 큰 허공은 하늘과 땅 사이의 텅 빈 공간일 것이다. 하늘과 땅 사이의 텅 빈 공간은 물론 그 어떤 것도 행함이 없다. 그저 거기에 있을 뿐이다. 그러나 또한 그 무엇도 하지 않음이 없다. 삼라만상이 그 허공에서 생성, 활성, 소멸하지 않는가. 허공은 있음과 없음의 무수한 접힘과 펼침의 장이다. 그래서 노자가 설파한 바대로 '천지지간 기유탁약호 허이불굴(天地之間 其猶槖籥乎 虛而不屈)', 즉 우주는 풀무와 같이 비어 있음으로 다함이 없이 행한다는 역설이 성립된다. 허공은 인위와 대별되는 무위의 기운생동하는 공간인 것이다.

그래서 그의 시편을 읽어 나가는 과정은 기운생동하는 허공의 노래의 여정을 감상하는 과정이 된다. 다음 시편은 이와 같이 그의 시 세계가 기본적으로 채움보다는 비움을, 인위보다는 무위를, 있음보다는 없음을 지향한다는 점을 예각적으로 보여 준다. 그에게 자신의 본모습을 비추는 거울은 "기억"이 아니라 오히려 "망각"이다.

인적 없는 외진 산 중턱에

반쯤 허물어진 제각(祭閣)

아무도 모르는 망각 지대에

스러지기 직전의 제 그림자를

간신히 붙들고 있다

구석에는 백치 같은 목련이

하얀 꽃을 달고 서 있다

아, 기억만 거울처럼 비치는 것이 아니구나

망각은 더 맑고 고요한 거울이구나.   ―「거울」 전문

　시적 화자는 "기억"보다 "망각"에서 자신의 본모습을 발견
하고 있다. 삶의 흔적들보다 아련히 "스러지기 직전"의 "망
각"의 세계가 오히려 자신의 본모습을 일러 주는 "거울"이라
는 것이다. "허물어진 제각(祭閣)"의 "구석에" 서 있는 "백치 같
은 목련" 역시 "망각"의 비움의 이미지를 배가시키고 있다.
"백치"와 "망각"은 공통적으로 비움의 계열적 동일성을 지니
기 때문이다. 이것은 모든 존재자의 근원은 무(無)라는 인식
이 바탕을 이룬다.
　다음 시편은 이러한 점을 좀 더 선명하게 드러낸다.

태초에

모든 것이 물에서 시작되었다고 한다

산천초목 날짐승 길짐승이

모두 물에서 나왔다고 한다

그런데 이제 세상은

모두가 자기는 맹물이 아니라고

핏대를 세우며 박 터지게 싸우는 통에

하루도 조용할 날이 없다

참다못한 맹물이

그만 좀 시끄럽게 하고

제발들 돌아오라고 외치는데

아무 소리도 나지 않으니

아무도 들을 수가 없다

그런데 바보는

이 맹물이 외치는 소리를

참 용케도 알아듣는다 　　　　　　　—「맹물」 부분

　"맹물"이란 아무것도 섞지 않은 물을 가리킨다. 그래서 관용구로는 실속이 없거나 내용이 없는 것으로 사용된다. 그러나 바로 이 실속과 내용이 없는 물이 만물의 본성이고 근원이다. "그런데 이제 세상은/ 모두가 자기는 맹물이 아니라고/ 핏대를 세우며 박 터지게 싸우는 통에/ 하루도 조용할 날이 없다". 세상이 "맹물"과 멀어지면서 "조용할 날"이 없는 투쟁과 싸움으로 혼탁해져 가고 있다. 스스로 자신의 본성을 부정하면서 무질서의 파행이 발생한다. 무위가 아니라 인위적 작위가 주도하면서 세상은 온통 혼란스러워졌다는 것이다. 이기적인 욕망과 집착, 주의와 주장이 앞서면서 세상은 소외, 억압, 고통이 난무하기 시작한 것이

다. 그래서 시적 화자는 "바보"의 미덕을 강조한다. "바보"만이 "맹물이 외치는" "그만 좀 시끄럽게 하고/ 제발들 돌아오라"는 소리를 "알아듣"기 때문이다. 「거울」에서 노래한 "백치 같은 목련"의 "백치"가 "바보"로 변주되고 있는 것이다. 물론 이때의 바보는 "맹물"과 같이 아상(我相)이 없는 무위에 가까운 존재를 가리킨다. 그러나 그의 시 세계에서 이러한 "맹물"과 "바보"로 표상되는 무위의 삶은 아무것도 하지 않는 것이 아니라 하지 않음으로써 모든 것을 행하는 것을 가리킨다.

다음 시편은 바로 이러한 무위의 삶의 특성을 구체적으로 드러내고 있다.

> 어느 날 산기슭에 사람들이 웅성거리며
> 아주 왜소한 알몸의 시체를 보고 있었다
> 마치 고치 속의 마른 애벌레처럼
> 투명한 셀로판지에 싸인 왕이었다
> 투명한 혼이 되어서야
> 백성을 버리고 왕은 꿈을 이루었다
> 맑은 하늘이 조용히 굽어보고
> 나무들이 바람에 사운대며 지켜보는데
> 모인 사람들이 모두 왕답게
> 한마디씩 제 주장들을 하고 있었다.　　—「왕의 꿈」 부분

왕의 꿈이 "투명한 혼이 되어서야" 이루어지고 있다. 왕

이 되고자 하는 권력의지와 욕망이 완전히 무화된 지점에서 진정한 왕으로 등극되고 있다. 이러한 시적 정황은 노자의 『도덕경』48장의 가르침을 연상시킨다. "도를 닦으면 날마다 덜어지거니와 덜고 또 덜면 이윽고 함이 없음에 이르게 되고 함이 없으면 되지 않는 일이 없다(爲道日損 損之又損 以至無爲 無爲而無不爲)." 도에 이르는 길은 인위나 작위를 버리고 자연의 순리에 순응하는 것임을 설파하고 있는 것이다. 그리고 이와 같이 자연의 순리에 따를 때 "천하를 얻을 수 있다(故取天下 常以無事)." 다시 말해 천하를 얻는 것은 무위로써 하라는 것이다. 자신의 탐욕과 권력의지로 세상과 마주하고 세상을 얻고자 하는 것을 경계하는 가르침이다. 이를 조금 더 적극적으로 해석하면, "천하를 얻는 것도 무위가 아니라 인위적인 작위로 하면 이루어지지 않는다는 것이다(故取天下 常以無事 及其有事 不足而取天下)." "무위란 만물을 사랑하여 기르지만 그것들의 주인이 되려고 하지 않고 만물이 그 품에 돌아오지만 그것들을 자기 것으로 소유하지 않으려는(愛養萬物而不爲主 故常無慾 可名於小矣 萬物歸焉而不爲主)" 자세이다 (『도덕경』34장). 이러한 무위의 자세를 지닐 때 천하를 다스리는 참된 왕이 될 수 있는 것이다. "백성을 버리고 왕은 꿈을 이루었다"는 시적 전언의 배경이 바로 여기에 있다.

이렇게 보면, 김영석의 시 세계에서 무위는 우주적인 질서와 조화의 능동적인 창조 행위가 된다. 다음 시편은 이 점을 보여 준다.

어찌어찌 혼자 살던 메두리댁 할머니가

빈집만 덜렁 남겨 놓고 세상을 떴다

(…중략…)

일손을 놓고 모두 기지개를 켰다

어깨를 겯고 서 있던 돌담도

비로소 팔을 풀고 앉아 발을 뻗었다

어느새 메두리댁 소문이 씨앗처럼 퍼져

사방팔방에서 날아온 유민들이

안팎으로 정착하여 함께 살기 시작했다

이제 대왕의 만백성들은

이름이 있거나 없거나 생긴 대로

낮이면 해 그늘 지어 낮잠도 자고

밤이면 이슬방울마다 별을 물려

저마다 제 꽃을 꿈꾼다　　　　　　　—「메두리댁」부분

"메두리댁" 할머니가 떠나면서 "메두리댁"은 주인 없는 "빈집"이 되었다. "빈집"이 되면서 "메두리댁"은 "제 이름값을 제대로 쳐서/ 이내 산 둘레가 된"다. "메두리댁"을 관장하는 질서가 인위에서 무위로 대체된 것이다. "메두리댁"이 "한량없이 너그러운" 본래의 영토로 돌아간 것이다. 이제 "만백성들"이 "이름이 있거나 없거나 생긴 대로/ 낮이면 해 그늘 지어 낮잠도 자고/ 밤이면 이슬방울마다 별을 물려/ 저마다 제 꽃을 꿈꾼다". 이곳에서는 모두가 "백성"이고 모두가 "대왕"이다. 무위자연의 조화의 진경이다.

이렇게 보면, "빈집"의 없음은 우주적 생성의 없음으로 해석된다. 다음 시편은 이와 같은 "빈 집"의 공간이 "뒤안" 과 "빈터"의 이미지로 변주되어 나타나고 있다.

① 모든 것은 뒤안이 있습니다 오리나무 갈참나무 잎갈나 무 지렁이 굼벵이 동박새 벌새 승냥이 멧돼지 막대기 돌 멩이 모두 모두 제 뒤안이 있습니다 어떤 일이 일어나면 거기에는 반드시 뒤안이 있기 마련입니다 (…중략…) 먹 고 자고 사랑하고 이별하는 데에 생로병사와 희로애락 이 있는 데에 모두 모두 뒤안이 있습니다 뒤안이 없는 곳은 아무 데도 없습니다 이 세상은 뒤안의 그늘인지 모릅니다 그렇습니다 세상은 뒤안의 그늘입니다

—「아편꽃」부분

② 나무가 한사코 발돋움하며
새들을 길러 날게 하는
그 하늘 빈터에
무지개는 피고 지네

빈터에서 찔레꽃 철쭉꽃이 피고
찔레꽃 철쭉꽃 진 자리
너와 나 사이
그 빈터에
이름 없는 바람에 실려

옛 종소리 은은히 들리네

그 빈터에 빈터가 있네.　　　　—「옛 종소리」전문

　시 ①에서 "세상은 뒤안의 그늘"이다. 모든 가시적인 현상은 비가시적이며 규정되지 않는 그래서 "뒤안"이라고 말할 수밖에 없는 것에 의해 주관된다. 이러한 "뒤안"은 모든 사물에 내재한다.

　또한 시 ②는 "빈터"가 생성의 중심이다. 1연과 2연의 기운생동을 주관하는 주체는 "하늘 빈터"이다. "하늘 빈터"가 "나무"를 "발돋움하"게 하고 "새들을 길러 날게" 한다. 지상의 "찔레꽃 철쭉꽃이 피고" 지는 것도 "빈터"의 관장 속에서 이루어진다. 그리고 "너와 나 사이" "바람"이 일고 "옛 종소리 은은히 들리"는 것도 역시 "빈터"의 신묘한 주관 속에서 가능하다. 마지막 행의 "그 빈터에 빈터가 있네"는 구체적으로 규정할 수 없고 지시할 수 없으나 분명히 존재하면서 모든 우주적 존재를 가능하게 하는 "빈터"의 속성을 노래하고 있는 것으로 보인다.

　여기에서 "뒤안"과 "빈터"는 '생성의 무(無)'에 해당된다. 우주의 삼라만상은 모두 이처럼 무에서 생성하고 활성화된다. 가령 흰 눈의 경우도 "막막한 허공으로 올라가더니/ 피와 살과 뼈를 모두 사위고/ 이제 고요한 흰빛이 되어 돌아"오지 않는가(「다시 또 눈이 내린다」). "허공"은 삼라만상의 자궁이다.

124

한편, 우주의 모든 존재자는 기본적으로 이와 같은 "뒤안"과 "빈터"로 표상되는 "허공"의 산물이라는 점에서 근원 동일성을 지닌다.

① 벌레야 너는 어디서 오니
  네가 온 곳에서 온단다

  온 곳 거기가 어디니
  거기가 여기란다

  그럼 어디로 가니
  거기로 간단다
  지금까지 한 말은
  모두 너의 말이란다.   —「문답 1」부분

② 돌멩이야 너의 고향은 어디니
  내 고향은 별이란다

  어느 별이니
  별은 다 같으니까
  너의 안에 있는 별이기도 하단다   —「문답 2」부분

시 ①과 ② 모두 공동체적인 우주 생명의 세계관이 드러나고 있다. "벌레"나 화자나 모두 기운생동하는 허공의 산물

이다. 생성의 우주적 근원으로서 허공이 "별"의 이미지로 변주되면 ②와 같은 시편이 된다. "별은 다 같으니까/ 너의 안에 있는 별"과 "돌멩이"의 "고향"인 "별"이 동일하다.

한편, 모든 생명이 우주적 보편성과 개별적 특수성을 지니는 것처럼 허공 역시 동일하다. 다음 시편은 개별적 존재성에 내재하는 허공을 "빈집"의 이미지로 노래하고 있다.

> 너의 마음 깊이 숨어 있는
> 빈집 한 채
> 너의 슬픔과 외로움과 그리움이
> 거기서 생기는
> 너는 모르는 그 빈집
> 비가 오나 눈이 오나
> 오랜 세월 너만을 기다리는
> 텅 빈 그 집.　　　　　　　　　—「빈집 한 채」전문

"빈집"이란 어디에 있으며 무엇인가? "빈집"은 "마음 깊"은 곳에 있다. 그러나 정작 "너는 모"른다. 이것은 있으면서 없고 없으면서 있는 역설적 존재성을 지니기 때문이다. "빈집"이 바로 허공의 존재론적 특성을 지니고 있는 것이다. "빈집"의 존재성은 스스로 자각하지도 못하지만 그러나 자신의 존재의 본질이며 근원이다. "너의 슬픔과 외로움과 그리움이/ 거기서 생기"고 "비가 오나 눈이 오나/ 오랜 세월 너만을 기다리"고 있다. "빈집"이 너의 삶을 주관하는 무위

의 허공이다. 노자가 설파한 "비어 있음을 철저히 정관하고 고요함을 지키면 만물이 함께 번성하되 나는 그 돌아감을 보고", "모든 사물이 끊임없이 바뀌지만 저마다 제 뿌리로 돌아오는 것"(致虛極 守靜篤 萬物並作 吾以觀其復 夫物芸芸 各復歸其 根)을 볼 수 있다는 전언을 환기시킨다(『도덕경』 16장). 모든 존재자에게는 만물의 생성과 수렴의 원점에 해당하는 비어 있는 허(虛)가 존재하는 것이다. 따라서 모든 존재자는 제각 기 자신이 지닌 비어 있음의 본성과 이치에 순응해야 한다 는 일깨움이다. 텅 빈 허(虛), 즉 "빈집"이 제각기의 삶의 우 주적 중심이다. 실제로 세상의 주인은 유(有)가 아니라 무 (無)이다. 거시적으로 볼 때, 무(無) 속에 유(有)의 표식들이 산재하는 것이 세상의 본래의 모습이 아닌가. "새도 비행기 도 허공 밖을 날 수밖에 없고/ 뜨고 지는 해와 달도/ 푸른 밤 별조차도/ 허공 속을 가리키는 표지일 뿐이"지 않는가 (「고양이가 다 보고 있다」).

그러나 세속적인 현실 세계는 허공이 중심이고 주인이 아니다. 오히려 경직된 인위의 "아스팔트"가 대체하고 있는 형국이다. 다음 시편은 "아스팔트" 제국이 된 현실 세계를 풍자적으로 드러내고 있다.

오늘도 사방팔방에서
쾌락에 지쳐 소리소리 지르고 있다
거대한 성기처럼 군사정부가 일어나더니
변강쇠 같은 튼튼한 나라를 세우려면

길부터 곧고 크고 길게 세워야 한다고
온 나라 방방곡곡에 고속도로를
힘줄 돋은 아스팔트 길들을
혈맥처럼 고동치게 했다
(…중략…)

아스팔트의 정력이 무진장 생산하는
밥과 고기를 꾸역꾸역 먹으며
줄기차게 내달리던 사람들이
문득 하늘을 올려다본다
하늘도 별도 아스팔트의 내장이 된 지 오래
하늘이고 땅이고 캄캄하다
문득 들리는 소리
아스팔트 길들이 신음하는 소리   ―「아스팔트 길」부분

"아스팔트"가 세상의 지배자이다. "거대한 성기처럼" 왕
성하던 "군사정부"에 의해 건설되기 시작한 "아스팔트"가
전 국토는 물론 시적 화자의 "배 속"과 "하늘도 별도" 압살
하고 있다. 이제 "하늘도 별도" "아스팔트"의 "무지막지한"
탐욕의 시선의 대상으로 전락되고 있다. 그래서 "하늘이고
땅이고 캄캄하다". "문득 들리는 소리"는 "아스팔트 길들이
신음하는 소리"이다. 기계문명의 제국으로 전락된 인공 사
회의 풍속도이다.
　이러한 인공 사회에서 무위의 생태학은 반생명적인 유위

의 "무한 반복의 둥근 고리"로 대치된다.

(…전략…) 저절로 된 것 말고 만들어진 것들은 모두 주인
이 사용하기 위하여 작동되는 기계들이다

그러나 한번 만들어지면 기계는 이제 입력된 내용과 작동
하는 방식을 가지고 거꾸로 저를 만든 주인을 길들이며 만들
기 시작한다 만들어진 것은 되짚어서 만든 것을 만드니 서로
가 서로를 만들고야 만다 결국 하나님도 사람이 만든 기계가
된다 1차 기계인 하나님과 2차 기계인 사람과 사람이 만든 3
차 기계는 둥근 고리가 되어 꼬리를 물고 돌아간다
— 「기계들의 깊은 밤」 부분

무위의 생태 사슬을 대체한 인위의 사슬의 현장을 묘파
하고 있다. "저절로 된 것 말고 만들어진 것들은" 모든 생
명의 질서를 전복시킨다. 그래서 기계가 사람의 주인이 되
고 사람이 하나님의 주인이 된다. 세상은 온통 "온갖 기계
들이 숨을 쉬면서 내뱉은" "쇳가루 같은" 어둠으로 캄캄하
고 무겁다. 세상의 주인이 무위의 텅 빈 허공이 아니라 녹
슨 기계이다.

이러한 인공 사회에서 "사람들은/ 별빛을 잊고 산다." 이
때, "별빛"이란 모든 존재가 지닌 우주 생명의 신성성을 가
리키는 것으로 해석된다.

129

이제 사람들은

별빛을 잊고 산다

풀과 벌레와 새들이

제 등불을 홀로 지켜

서로 먼 별빛이 되듯

어느 길가에 버려진 돌멩이도

아득한 기억 저편에서

홀로 반짝인다.   ―「등불」 전문

"풀과 벌레와 새들"도 "제 등불을 홀로 지"키고 있다. 그 래서 서로에게 "먼 별빛이 되"어 아름다운 자연의 조화를 이룬다. 모든 사물은 제각기 우주적 신성성을 지닌다. 화 엄 불교의 일미진중함시방(一微塵中含十方)의 이치에 대응된 다. 작은 티끌 하나도 우주적 영성이 깃들지 않은 것이 없 다. 이것은 다르게 표현하면 모든 존재는 우주 생명 공동 체의 근원인 무의 산물이라는 뜻이기도 하다. 그러나 "이제 사람들은/ 별빛을 잊고 산다". 그렇다면, "별빛"을 다시 회 복하는 방법은 무엇일까? 그것은 물론 앞에서 노래한 무위 의 허공을 스스로 회복하는 것이다. 이를 좀 더 구체적으 로 말하면 스스로 "호젓한 호수"나 "상수리나무"의 시선을 찾는 것이다.

산속의 호젓한 호수

그 맑은 외눈

내가 한눈팔고 다니며

두 눈 뜨고 보지 못한

하늘과 바람과 별을

혼자 보고 있었네.　　　　　　　　　　　—「호수」 전문

밭 사이를 뱀처럼 기어가는 길과

머리칼을 곤두세워 소리치는 나무들

아이들을 위한 무슨 요지경을 만드는지

어디 목공소에서 망치 소리 들려오고

하늘 거울 속으로 날아가는 새 떼와

새들의 흔적을 지우는 흰 솜구름

문득 바람이 불자

상수리나무가 풍경을 말끔히 지우더니

그 큰 액틀의 눈을 뜨고서

창밖을 보는 나를 물끄러미 바라본다

창문을 벗어나려 안타까이 파닥거리는

흰나비 한 마리를 조용히 바라본다

내 눈은 상수리나무의 눈이었다

내가 본 것은 상수리나무가 본 것이다.

　　　　—「내가 본 것은 상수리나무가 본 것이다」 부분

"호수"는 세상을 있는 그대로 보고 있었다. "내가 한눈팔고 다니며/ 두 눈 뜨고 보지 못한/ 하늘과 바람과 별을" "호수"는 "맑은 외눈"으로 온전히 보고 있었다. "호수"의 무연함이 우주를 총체적으로 감상하는 방법이었다. 이러한 "호수"의 "맑은 외눈"을 갖는다는 것은 스스로 "상수리나무"처럼 살고 보고 느끼는 것이기도 하다. 하지 않으면서 하지 않음이 없는 무위자연의 이치를 생활 속에서 내면화하는 것이다. 이것이 바로 "옛날 옛날 한 신인(神人)이/ 이 우주와 신의 비밀을 밝힌/ 세상에 하나뿐인 비급"(「비밀」)을 터득하고 실천하는 길이다. 이 지점은 김영석의 시 세계가 추구하는 정점이면서 세속적 현실 속에서 일러 주는 생활 철학의 "맑고 고요한 거울"(「거울」)이며 화두이다.

이것은 김영석의 시 세계가 세속적인 현실 속에서 우리의 본모습을 찾아가는 방법론에 대한 일깨움이다. 그는 이번 시집에서 심원한 '도의 시학'을 구체적인 생활 감각과 정감의 언어로 다채롭게 노래하고 있었던 것이다. 그의 시편들을 읽는 것이 "맑고 고요한 거울"(「거울」)을 마주하는 것과 같은 까닭이 여기에 있었던 것이다.